KENZABURO

ÔÉ

大江健三郎

—その肉体と魂の苦悩と再生—

《哲学的評論》

ジャン・ルイ・シェフェル　著

菅原聖喜訳

写真　白岡　順

明窓出版

次に続くページは**大江健三郎の書物**について、読書の流れに応じて書かれたものにすぎない。そこで確認したことは、テーマ、対象、そして伝記的変容、一群の小説が舞台となる主観の破局、そうしたものの現前である。しかしながら読書過程のなかで取られた以下のノートは、喜ばしきものに対する体系的再構成の契機をなすものではない。

作品というものは何かしら生きている存在である。批評家の作品に対する介入、あるいは解釈部分は、当然ながら差しでがましいものになるにせよ、彼が現に読んでいるもののなかでは、意図的に読者の存在は等閑視されることになる。

読書空間は不均等に、そして多くは正当化されない方法で、作品の幾つかの際立った特性によって占有される。肉体の、対象の、そして形象の自由な処理は、その作品がもつ構造的諸特質の現実的な視象化をもたらすであろう。また、次のこともおそらく言いうる。それらの特性はすべての読書に共通の、自由な変奏の可能性を示唆するものであると。

現在、フランス語で入手しうる限りでの大江健三郎の作品は、おそらく、その対象によって特徴づけられている。そこでは、ある作中人物の物語り＝歴史であるまえに、何者かの存在が問題となる。この何者か（作者自身、その父、とりわけその息子）は、単に物語りのなかで、一定の役割を引き受け、物語りを進行させる力、あるいは謎を体現しているというだけではない。この人物は、文字でもって作品化された人物、いわば書きしるされた者である。後者の意味では人物は時間の推移そのものとなる。それは自らの生の様々な事象に関する当てにならない記憶であり、その生の内実は、個性と肉体をかたちづくるものが奇妙な仕方で配置された幾つかの断片からなるものである。あえて言うなら、主人公は、この驚くべき内容の小説群のなかで、ひとつの問題を解決する。いな、むしろ人間存在全体を真に性格づける何かを解き明かそうとするのだ。いっぽう彼自身は生きる力が乏しく、欲望と苦悩、思い出の危うい均衡、孤独の怪物、そして「私」の根元的不条理を基礎づける記憶の生きた経験、私たちのなかにある不条理の定義そのものとなる。それは類をみず、比肩しうるもののない、基本的にコミュニケーション不在（さらに言えば、心理学も、《予測》の行動学も無意味となるような）であるようなものの素材から創りあげられたひとつの個性である。大江の小説は――おそらく、それぞれが自分の父、息子、といった個性的人間の謎を通じて語られるがゆえ――個としての人間の物語という点で例外的なものである。そこで語られる事柄は、愛や冒険の物語とはほど遠い二重の事象、すなわち、ある人物における言語生活と、言語のなかの肉体という一種の齟齬の事態である。まさに個々の肉体が保持する記憶から魂というものが構築されるのだ。

どの小説をとっても、そこには救済の物語り＝歴史がある。個人はそこで故郷の村や森の伝説的存在とのまじわりを証左する印を帯びる。そして彼は秘密の音楽（森の不思議）が聞こえる様々な声の源へと、いよいよ歩みを進めるのだ。大江の仕事は、それゆえ古い年代記のなかで救済を予定され、認証され、《刺青をほどこされた》肉体の数々をエクリチュールへと差し戻すことになる。ところで、それがはたして、ひとつの物語り＝歴史となるのだろうか？　すべての内なるものの進展、つまりは、あらゆる伝記がうちに宿す秘密、記憶の不確かな対象、太古の罪、今ではただ私たちの記憶を祝福するだけの定かならぬ罪、これらの発展こそ物語り＝歴史となる。それはまた、内的空間と、その洞察の展開過程でもある。たとえば、すべての肉体、すなわち、作中人物の一人一人は、不条理という同じ視点から見られるが、この視点によって肉体そのものの認識について定義が下され、さらには、子供の目に映じた《他者》が個別化されるのである。

みずから我が涙をぬぐいたまう日（われらの狂気を生き延びる道を教えよの最後の小説）は、私が特に愛する小説である。その小説的装置、痛みのほとばしる苦悩の場、病院。そこで作中人物はあたかも虚構を作り上げる装置であるかのようにに自らを造りあげるのだ。

自らの過去をしるすための現実との契約締結。時間と、記憶作用についての微細きわまりないエクリチュール。もっと正確に言うなら、かれはその記述を（看護婦であり、また配偶者である）《遺言代執行人》に委ねることになる。過ぎ去った時と現在、そして父の死の物語りにおける幼年期の肉体の蘇り。これら二つの真実の瞬間に至るまで、その取り戻された時間の意表をつく分割が展開される。

バッハの、あるカンタータの訳文から取られた慰めの唄。やがてそれは、散り散りのリフレインとなって、記憶という私たちの悲劇の礎に、金切声をかぶせる陽気で猥雑な唄と入り交じる。音楽の目くるめく深淵のなか、裏声で歌われる想像を絶する対位法（そのページの数々についてコメントすることは不可能である。ただ私たちの内部に在る何ものかとの接近を読みとること、言い換えれば、私たちが書きしるされなければならない何かによって鼓舞され、ページをたどれるにすぎない。私たちのなかの虚構とは、以下のようなかたちをとる。つまり私たちは、かつて命のない事物であったが、それは過去において私たちがそうだったたからである。それらの事物を再び生き返らせること、それはまさに私たちの内部にある、その肉体の一部を復活させることに他ならない。

「あの奇怪な赤んぼうをつくりあげた深くて暗い奥まった場所が恐いわけだ……ぼくは頭に繃帯をまいた赤んぼうを見た時、アポリネールのことを考えたんだ。センチメンタルな話だが、赤んぼうがアポリネールのように戦場で戦って頭に傷を受けたという風に感じたんだ。ぼくの見知らない、暗く閉じられた穴ぼこでの孤独な戦闘でかれはやられたわけだ……ぼくの弱いペニスをその戦場へさしむけることはできないね」……。

小説的オブジェ

罪の意識に起原を発する謎があるだろう。その謎は、大江において明らかにひとつの基本線、生の組織の大きな物語りを構成している。著者の断言に従えば、子供の物語り＝歴史、――彼自身と彼の息子についての――、彼の肉体の、言語の、そして彼が目にし、定義する世界をめぐる見解の歴史である。(その謎は生の転調という小説的的な大きな企て、事象や内的思考の多様性のありかを探る作業から生まれたものであるが)。大江健三郎によって表明された企てはまさに、こうした意味を持つように思われる。その物語りは真実の法廷によって監視され、支持される。

かくして人物たちの行動は規則的に彼らの感覚を傍証し、彼らを神話的系譜に結びつける何ものかへ関わってゆくように思われる。不格好な子供を民族の創始者とし、伝説的英雄たちと縁組みさせる、この奇跡的な《署名》(畸形、犠牲)こそ、自伝的、あるいは生物学的偶然を通して生に与えられた意味となる。要約すれば、もはや物語り=歴史(つまり偶発事。個人的な体験)を書くことではなく、物語り=歴史において、その最終的意味を遠隔操作しうる(崇高なものへと至る道である自然のなかで造られ、あるいは見いだされる音楽)ものを書くこと。物語り=歴史に導入されたこうした展望は、単に運命のひとつの解釈ではない。大江は自分の息子において、それを書き、それを作品の対象とし、人間のかたち、あるいは愛の対象についての解釈を通じて自らの孤独と苦悩のもつ形而上学的真理に肉薄する並はずれた能力を発揮する。

異常な子は作家による発明物と同じである。そのすべての真実、すべての特質が常に例外であるような存在、すなわち生活力がなく、見いだしがたく、それでいて、自然の声に対して純粋な感性をもち、魂を可視的なもの、途轍もないものにしてくれるひとつの肉体である子供。どの書物においても、その子供は変化しつつある真実、多様性、想像力、拡大や隠喩による戯言への可能性を示唆している。すなわち、生の転調としての書くことの大きな課題を彼に突きつけているのだ。

ここで生は、いわば、この分類されがたく、ほとんど社会化されない、自らの知覚のなかに引きこもる者に対する贈与ということになる。たしかに、それは虚構ではあるが、同時に大江が虚構そのもののなかで創り上げた過酷な道筋でもある。実を言えば、息子の誕生を劇的に迎える最初の書物（個人的な体験）の荒々しさから、村の創成神話の継承である最近作のM／Tにいたるまでの間に、何かが変化した。それは子供が成長したことか？　あるいは作家が視点を変え、その苦悩を和らげたことか？　彼の小説はたしかに変化した。そしていま、そのスタイルは、その主題とともに変化する肉体のようである。

しかし同時に作家をして現在を書かしめているもの、進行するすべての変容の謎、それらは先行きや未来、あるいはこの物語の進展についてなんの見通しももたらさないのである。

叙述は周期的に複雑になり、捻れたものになる。というのは、ある混淆によって叙述は時に立ちすくみ、分岐し、停滞し、逼塞し、アイデアを失う。人間が小説の謎であり、その謎こそ小説のフォルムに脅威を与えると同時に、それを作りあげるという逆説。フォルムは自分自身の不正確な表現であると同時に他者への唯一開かれた入り口であり、他者との疏通を可能にするものである。たとえば音楽。それはフォルムを通じて摸倣され、発明される。子供に住み着いているのは、ひとつの慰めとしての音楽、一種の存在論的絶望、あるいは他者のための魂の代理としての音楽である。M／Tの最後のページは、その悲痛な《証拠》となっている。

大江の小説において構成されるもうひとつの空間は、また別種の謎を提供する。形象化や物語ることとは異なる、一種の夢幻的な繰り越しの場である。すなわち始原の空間、常在する創建者、災厄の繰り延べ、あるいは始原の森の神々と英雄たちの歌の承継。この類いの空間もまたひとつの物語であろう。つまり、作家の幼少期の祖母、ついでその《選ばれた》孫から見た、彼の母と連続する物語である。この物語は幾人もの作中人物、行為を配置し、自由に処理するが、正確な効果を期して、特にその性格、識別記号、認識マークを処理しなければならない。最後に、その発明の方法、すなわち古代のイニシェーションの刻印を帯びている子供たち、また小説のなかの愛の行為、すなわちその子供の畸形が、その子供に対する神の選択が再びなされたことにすぎないということが示される。

彼の閉じられた世界の内部で、子供は他人には聞こえない音楽、天空の音楽を書く。それは何ものにも限定されない自然の事象についての音楽である（それは当然、始原の森の迷宮へはせ参じる想像力そのものとなる）。書きしるされる肉体の想像空間である音楽は、事実、その文字性を失うことによってしか書くことができないものである（肉体に触れる最初のメタファーが、肉体を変身させ始める）。この空間は音楽的空間であり、文字通り消滅してしまうもののフーガなのだ。だが、その音楽的モチーフは、作中人物に意味と深さを賦与するであろう。このような音楽が響きあう空間とは何か？　大江健三郎は自分の息子を通じて（魂を探すために肉体を経由し、純粋音楽を通じて）書く。彼はある他者の自伝、自分では書くことを知らず、書けないある他者の自伝を試みる。いったい誰が、ちょうど作家が自分の書くものの疑わしい一部となるのと同様に、音楽の一部となるために、だれが、そうした音楽を書くというのだろうか？

おそらく大江健三郎の作品のうちで最も重要で、変化に富む部分は彼の息子の生活年代記であろう。そこでの謎は、息子の行動の奇怪さではなく(実際、彼は絶対的な孤独にあるが)、むしろ大江による息子の行動についての解釈のほうにある。というのは、息子は極端なまでに小説全体の素材を具象化しているからである。彼は、あるときは、ひとつのパロールであり、あるときは事象として扱われる。何かが起き、やって来るのは、このパロール、あるいはこの事象の方角からである。判読可能なひとつの物語り=歴史が身振り、パロール、行為を通じて詳細に綴られるが、その意味は、夢のなかでの《ように》、肉体(すべての人間・個性の謎である)によって妨げられる。厳密に言えば、肉体こそ、自らの謎を創り上げているのだ。

「僕は息を深く吸いこみ黙っていた。戦争、血まみれの大規模な長い闘い、それが続いているはずだった。遠い国で、羊の群や、刈りこまれた芝生を押し流す洪水のように、それは決して僕らの村へは届いてこない筈の戦争。ところが、それが僕の指と掌をぐしゃぐしゃに叩きつぶしに来る、父が鉈をふるって戦争の血に躰を酔わせながら。そして、急に村は戦争におおいつくされ、その雑沓の中で僕は息もつけない」

肉体

作中人物と呼ばれるものは、大江にあって伝記的あるいは小説的な構造の謎めいた中心に置かれる。そこで姿を現すのは、ひとつの生、子供の肉体、その父親の異形の恐ろしさ、話手によって創り上げられ、名状しがたく驚愕すべき肉体の現存、あるいは他者という分析を寄せつけない荒々しい事実として現出する構造体である。もし、途方もない肉体を扱わないとすれば、小説、あるいはすべての小説的なプロットはこのうえ何をなすことができるか？

大江は小説のどの部分でも心理学的分析を始めるようとはしない。つまり、個々の人間は島々であって、行動の塊りである(その類型は「みずからの涙をぬぐいたまう日」では大江の子供であると同時に、父親でもある)。

自らの肉体を通して各自は個々の人物ではなく、世界の一部として《結晶》し、その未知の世界へと参入する全体的存在、実在となる。そこでは肉体の深淵から眺められる生が、森の悪鬼と同様の、癌であり、嘔吐であったりする。そこは会話や対話、分析の場ではない。また通常、小説全体において行動する魂を表現する感覚的なもののやりとりの場、いわば換気口といったものでも決してない。実際、こうしたことすべては、近代小説、すなわち人物の外見的な特徴を拾い上げたうえで、社会的な冒険の状態としてではなく、むしろ社交的会話に結びつけられた道徳的な人物描写をもっぱらの伝統としてきたフランス文学に小説の発明をもたらしたクレーブの奥方や、宮廷の年代記で始められたものとは何の関連も持たないのだ。

ここで、カフカが異質であったことが理解されるかも知れない。カフカにあって小説的オブジェとは、構成されたものの断片化され、未完のままの不安定な状態にある肉体である。物語りによって肉体は変容され、あたかも夢幻状態の機序に従うかのごとく、可塑性を帯びた空間の広がりのなかで屈折する。

大江の小説作品は、たいていの場合、ある謎めいたものを聴きとろうとつとめる。物語りは、そこでひとつの輸送手段となる。あるときは行列のただなかにあり、またあるときはカーニバルの山車の上でのように、あらゆる通常の話法から、言語の無意味部分から、コミュニケーションの日常性から締め出された異形の肉体を運ぶものとなる。肉体は（子供、父、大女）小説が創り出すものであり、小説はその肉体をひとつの歪んだ不定形のものとして作中人物のただなかに配置する。同時に作中人物はその歪像を維持し（歪みを正すことなしに、そのものとして演技・解釈し）、その苦悩で自らを満たしてやらなければならない。この創り出された肉体は、常にその内に秘めた謎に較べて個性に乏しいものである。この肉体は組み立てられたもの、あるいは単なる生命体の塊りであり、理解不能な仕方で自らの魂を慰撫するのだ。もしそれがなにがしかの心理を持つとすれば、それはあくまで仮説としてであろう。

これらの肉体の各々は――その物語りが肉体情況の悪化、固着した変異、肥大化、進行する異形の姿――例外的な肉塊、だらしなく堆積する不定形物質となって凝固するゼラチン状のものとなり、その苦悩全体が物語りを駆けめぐる。そして苦しみを語り、それとの戦いを開始する代わりに、苦悩をまき散らすのである。語り手、ナレーター、小説の最初の読み手である者（《遺言代執行人》）、あるいは作家本人、彼らが苦悩に深く貫入することが不可能であるがゆえ、また彼らを結びつけている絆がまさに苦悩の絆であり、様々な流儀で、彼らにとっても苦悩が宿命となっているがゆえ、彼らは書きしるす。

「Dには、まだあの幻影が見えるのね？」

「ええ、カンガルーほどの巨きさで木綿の白い肌着をつけた赤んぼうで、名前はアグイーというんだそうです。看護婦がいっていました。ふだん、それは空を浮游していて、時どきDさんの脇に降りてきます」とぼくは自分が答えられる質問に接したことで勢いこんでいった。

「アグイーねえ。それはわたしたちの死んだ赤んぼうの幽霊でしょう？　なぜアグイーというのかといえば、その赤んぼうは生れてから死ぬまでに、いちどだけアグイーといったからなのよ。

「わたしたちの赤んぼうは生れたとき、頭がふたつある人間にみえるほどの大きい瘤が後頭部についていたのよ。それを医者がヘルニアだと誤診したわけ。それを聞いて、Dは自分とわたしとを恐しい災厄からまもるつもりで、その医者と相談して、赤んぼうを殺してしまったのよ。

風　景

言ってみれば、風景というものは存在しない。森や谷間、崩れた橋、うねうねと丘を登る砂利道。大江の作品において繰り返されるこうしたモチーフは、実は存在しないのだ（しいて言えば、聖アウグスチヌスのカルタゴの想い出と同じである。そこでは、ただ彼の記憶のなかに廃墟となったアーチがぽつねんと立ちつくしているだけだ）。どれひとつとして完全なものはなく、地平を抱くことはない。《日本の絵》（漆塗り、月夜、葦原、花咲くこずえ）とは何の連鎖もない絵画）。しかし結局は、記憶のこうした不完全な造作、廃墟には、時の作用とは異なった不可思議な力、かれの内部で拡大する力が働いているようだ。それは、ひとつの情動（含羞、恥辱の念、あるいは有罪性の意識。私たちのうちに、ただ散り散りとなった世界の断片となり、未完成の絵としての痕跡を残すことだけに熱中する出自の定かならぬ役者たち、あるいは情念の数々）とも言える。

幾つかの小説（同時代ゲーム、われらの狂気を生き延びる道を教えよ、M／T）

において喚起される風景によって、大江健三郎が生まれ育った村の森や谷間の夢幻的空間が縁取られる。記憶の残滓となって物語りへとやって来る事象が互いに連結されるのは、そのような場、幻想空間である。と同時に、それは一種の保護区、個人史のなかの決定的領域、その源ともいえるものとなる。このような場こそ、記憶の外観と内容、現実の欠落部分を構成している。生の細糸が撚糸機にたぐられ、巻き取られ、幾つかの撚り糸となって、再び巻き戻されるのは、いつも不変の風景の細部、断面、あるいはリフレインを生みだす一種の細微な器械によってである…。

それゆえ、最初の風景は、出生と生成の地、小説的主題の諸要素が異化される場である。そうした主題は、きわめて希少な要素、つまり例外的なもの、怪物たち、すべての均斉を放棄した肉体の情動の創造物である。主題はそこで温室栽培のように育まれ、培われる。その種子がばらまかれ、根付く場所（自ら我が涙をぬぐいたまう日の『あの人』のように）は単に大江が庇護し、物語る地域神話の分野とは限らない。村や森は、実際、限りない神秘に包まれているまったく別の事象（木立から迸り出る声、ある時は純粋音楽のような、ある時は、この世でもっとも純朴な存在へ、言語の支配するなかで選ばれたひとつの意識へと向けられた天上の音楽のような）を守護する存在である。村や森は止めどなく汲みつくせない場、無限なるものの領分である。というのは、この領域はまた、底なしの洞穴、そこで光や夜、大地、樹木が息づき、ある未知なる言葉が乱舞する場所でもあるからだ。いっぽう、言葉は人、場所、物、そして物語の留まるところへと向けられる。作家はその物語の蔵から、伝説が彼の祖母や母の言説や知恵であるような精神世界の系譜を創るのだ。並はずれて魁偉、巨大で搬送することすらできない肉体の姿をたどる物語りの最初の支点は、実のところ、決して詳しくは描かれることのない地方や風景のなかに据えられる。捉えどころのない悪の付属物、比類のない苦悩の場、緩解不能な特異性の揺籃の場である地域と風景。

この場所は、とりわけ肉体の姿と同じく、様々な情念の混乱が生まれる場でもある。言い換えれば、現実生活のなかで、文学にまさに先立って存在するものの居所である。

それぞれの小説では、始原的言語の記憶のなかで、ひとつの物語りがくぐもった調子で語られる。スタイルを創り上げる作家は、彼自身の言葉の淵源からの働きかけを蒙る。作家は、この了解され、あるいは《呼吸された》言葉に対して、自己に課した義務感の最初の意識にすぎないかもしれぬ言葉に対して、答えを出そうとして人生を送る。そこで最初に取り戻され、そこを《占拠する》ものは物語りではない。はじめは、おそらく語られた事柄がつむぎ出す素描であろう。子供たちの眼のなかで展開するひとつのタブロー。ゲーテの人形芝居の想い出が、マリオネットの動きや遊びのために肉体を縮小するという最初の衝撃的アイデアを思いつくきっかけとなったように、その絵の変化は目をみはるものである。一人一人の始原的言語において、その一人一人から世界の創造者、あるいは手品師を呼び寄せる均衡の創造。眷属や母の言葉を借りて、そこだけに存在する奇妙な世界の始まりを表わす絵、画布。精霊、悪鬼が発する奇怪な声が交差する森の不動の源。絵のなかの、こうした声によって現実世界の裏地をつくろいながら、当の現実世界に対してその底部、ある深さを付与し、深淵を構成する材料を提供しているのだ。それは同時に不可侵で譲渡不能のもの、つまりは途方もない幾つかの肉体なのだ。

村の伝説が育まれるところ（その内容全体、母なる言語のすべての形態）は、始原の神話を保持するだけの場所ではない。英雄たちと破壊的な悪鬼との戦いの場でもある。その戦いは村の地理学を解き明かし、人々に様々な役割や働きを振り分けた。そこに系譜が生まれ、親や子の関係が生じる。伝説は巨人族を人間界、大地から生まれた者たちのもとへ送り込み、両者は混淆する。巨人族は雲間から降立ってこの地を開墾し、大地を枕に眠りにつく。実は彼らこそ悪魔的変装者なのだ（ならず者の群、あるいは騒々しい猿ども）自然における人間の起原。

それゆえ、たえず人間を作り続け、彼らに刺青と出生の刻印、選ばれたもの、あるいは出自の印をほどこすことができるのは、森の自然と精霊、あるいは音楽である。エクリチュールによる救済が、あたかも人の特徴をしるし、署名を行うがごとくなされる。

それまでに、（つまり、大江の物語り以前には）いったい何があったというのか？　それまでは、伝説は相続するものが見当らず、各人の記憶のなかに分散していた。やがて、それは幾世代にわたって引き継がれた素晴らしい遺産となる。伝説は天と地の境界線の物語り、世界の細部に関する唐突な予言の物語りとなった。その伝説に欠けていたものはただ、ひとつの肉体を所有すること、いわば留まったままになっている緯糸の広がりをたどることだけだった。何者かであること、あるいは不正確ながらも、自らの全情動の原因を表現すること、それだけが求められていたのだ。

それでは、大江の息子とは何であるのか？　大江自身の音楽的正当化の手段か？　それとも森の鋭敏な聴覚そのものなのか…。それは、この発話源への回帰願望に他ならない。物語りの広がりの尺度によって計られた大地が伝説的肉体となる、そのような源への。一群の人間が生まれるのは、この源を貫く、そうした自然からである。この人間たちは、いわば従順なエクリチュール、すなわち小説や短編となったものに対して約束され、刺青が彫られ、署名がしたためられ捧げられた者どもである。というのは小説の源は、こうした偶然、運命の悪戯にあるからである。それが作家の生活に、現実世界の外側にしか居場所を持つことができない一人の子を出現させることになる。慰藉である息子の第二の誕生は、伝説への回帰、記憶のなかにある極めて古い事象への回帰を意味する。その記憶はと言えば、ただあるがままの姿で、この森の不思議の世界（極めて美しい本であるM／Tで十全に繰り広げられる）を再生するだけである。しかし、この第二の誕生は、秘匿された時間にとっては僥倖でもあり、来るべき出発についての補足説明の機会、苦しみのなかで天と地を繋ぎ、混淆する声部（バッハとハピー・デイズの唄）が織りなす楽句のひとときとなる。

物語り全体は、そこに侵入する肉体に妨害される。なぜなら物語りはすでに、そのすべての前提を失っており、人間の二つの部分、すなわち、行動に属する部分と、言語のなかで生まれた部分を奇妙な仕方で結びつけるからである。

しかし、だからどうだというのだ。村の子供たちによって玩ばれる、捕らわれの黒人、でぶでぶの大女、異形の父、救済を予定された息子、そのような人々は仲間でも、役者でも、英雄でもなく、子供劇場の初演から戻る人形芝居のマリオネットでもない。彼らは母性的なるものの記憶に起原を持つ伝説が、奇怪な姿で産み出した者たちである。そして彼らは言語そのもの、感覚の擾乱そのものとなる。

S兄さんのはだかの頭は打ちくだかれて、黒く平べったい袋に似ている。そこから赤いものがはみだしている。頭の実体もそこからはみだしているものも、すでに乾いて晒された繊維質のようだ。陽に灼けた土と石のほかにはなにも匂わない。S兄さんの打ちくだかれた頭すらも紙細工みたいに匂いを発しないのである。S兄さんの両腕は、踊る人間の腕さながら不真面目に弛緩して両肩の上にかかげられている。両足は跳躍しつつ走っている者の形をしている。そして、海軍飛行予科練生の体育の時間のシャツとズボンからつきだしている頸、腕、足のすべての皮膚はなめし皮のように黒ずんでそれにまつわりついている泥の白さをきわだたせている。慶四はやがてS兄さんの鼻孔に蟻の群が整然と列をなして入ってゆき、耳の穴から、赤い小さな粒を一個ずつくわえて撤退してくるのに気がつく。そこで鷹四は、S兄さんの死体が乾燥して薄くなりいかなる匂いもたてないのは蟻の群の作業によるのだと思う。S兄さんはこのまま魚の開きのように乾いて剥製となるであろう。蟻の群は硬く閉じられた瞼の裏がわの眼を食いつくした。瞼の奥には胡桃の大きさの赤い穴がひらいて、そこからの赤っぽいわずかな光が耳と鼻との三叉路をかよう蟻どもの微細な足をあかるませる。血のひとしずくが蟻の一匹を溺れさす様子が、S兄さんの顔の皮膚の黒ずんだガラスのように半透明な薄い膜の向うにみえる……

……幻影をたちまち見失った。おれの友達に、その頭を真赤に塗らせ、素裸で肛門には胡瓜を詰めこませて自殺させた、かれの内部にあるものすら、おれはそれを共有することがない。おれの頭のなかの血のつまった暗闇をずっと見つめてきた筈の片眼は、実はどんな役割をも果たすことがなかったのだ。「本当の事」がおれに見きわめられていない以上、すなわちおれは死に向かって最後の一蹴りをする意志の力をもまたどこにも見出さないだろう!

……僕は死の時の鷹四を見つめた数かずの家霊たちの眼に、今は自分を四方から見つめられたまま屈服して認め、そのような惨めな自分自身の全体をくっきり認識した。僕は自分を異様なほどにも無力に感じ、その無力感は寒さの感覚とももどもも加速度的に深まり、底なしに深まった。僕は憐れっぽい音を立てて口笛を吹き、マゾイストじみた最低の気分でチョウソカベを呼びよせようとしたが、それが訪れて倉屋敷を崩壊させ僕を生埋めにするということは当然おこらない。僕はそのますっかり虚脱して濡れた犬のように震えながら数時間を過した。やがて頭上の床板の裂け目と、側面のなかば閉じた隠し窓が白んだ。すでに風もおさまっている。僕は重苦しい尿意を感じて寒気に痺れた下肢をおこし、床の上に頭を出した。壁を打ち壊した空間のほとんどの部分を埋めている森はなお黒ぐろと霧の層をまとって、わずかな葡萄色の暈のごときものによってのみ夜明けの空を反映しているに過ぎないが、その最上辺の右片隅に、燃えたつ赤の空が見える。僕は、裏庭の穴ぼこにひそんで朝をむかえた時、おなじく燃えたつ赤のハナミズキの葉裏を見て、この窪地の地獄絵の印象を喚起され、信号をうけとめたように感じたものだ。

時間と幸福な日々

フランスの読者は、日本的彩りに満ちた世界へ大江健三郎とともに深く分け入ることはできまい。この《個人的な体験》を読み解くために、いくつかの物語、伝説、何人かの主役や作中人物が召びよせられる。その《体験》はというと、日々のディティールや混乱、不規則なものの連なりを産み出す生そのものといえる。この生と伝説との突き合わせが始まるのは、いつのことか？　いつになったら、その神話空間の正当性が審問され、退行的なひとつの幻想譚（主題についての匿名の再構成）としてではなく、個々にとって真実であるものとの照応を強く求められるのであろうか？

エクリチュールの対象である息子、その息子の姿の背後でうごめく、この拭い去ることのできない動機、そうしたものをひっくるめて、ひとつの事象とするために、伝説は自らを物語り，聞き手となる子を生み出す。その伝説によって叙述され、朗詠の木霊する世界へと一人の子供が《招き入れられる》ことになる。

神話とは、想像を絶する原因、動機がジグザクに蛇行しながら拡散可能となる唯一の空間である。そして現実は神話を通じて象徴空間のなかに取り込まれる。

実のところ、伝説を規範として様々な人物、肉体を孕み、かたちづくるのは、ほかでもない、まさに神話なのだ。(伝説を軸とすることは、そうした人物・肉体に対する存在の証しの唯一の方法である。もし神話的世界のなかに誤謬あるいは欠如というものが占める余地がないとすれば)。

それでは例えば、そのテクストについてはどうであろうか? 大江のテクストは単なるイマージュに満ちあふれたもの、隠喩の遊びといったものではない。そこには何かによって導かれ、明示され、隠蔽され、偽装されたのち再び出現し、ついには彼の全作品を支配するようになるものが含まれているのだ。

大江健三郎が作品のなかで展開するのは、ひとつの中心主題である。ただひとつの歴史=物語と言い換えてもよい。曲折を繰り返しながらも、物語り=歴史の象徴化とは異なった仕方で仕上げられた状況報告といった類いのものである。

大江は全作品を通じてあるひとつの歴史を物語る。とすればなぜ、反復を繰り返しながらも、幾つかの差異がそれぞれの作品に割り振られるのか? 答えは、歴史＝物語のなかには変化し、彩りを変えるものがあるからである。そこで変化を蒙るのはいったい何か？　変化するのは、いわば真実、あるいは漠とした多少なりとも現実において変形された関係である。

この《変形作用》は一種の苦しみのようなもの、唄のようなものであり、奇妙なポリフォニーを想起させる。そこには絡み合う多声のなかのひとつが、森という原初の世界からやってくるはずである（現実として、あるいは神話として）。

ひとたび物語（小説）が着手されると、大江の作品は実際、その導入部としての枠組みを演出する。枠組みは同時に（こう言えるなら、象徴化の態様や処理方式も含む）物語の変形の場でもある。問題は書物の内実が謎めいているのではなく、そこに幾つかの時の区切りや、その態様が導き容れられることになる様式そのものが謎なのだ。それは私たちに、まさしくひとつの世界、あるいは現実として映るもののなかに、ある形象、ある生命を浮び上がらせてくれる。個人的な体験における映画的な世界、我らの狂気を生き延びる道を教えよのフォークナー的世界は、M／Tの指し示す伝説や神話的物語に較べて、人物像に関して謎の部分が多く、視覚的とは言えず、いわば解の存在しない世界である。M／Tの母の語り（パロール）のなかで、主人公が生まれ、時を過ごし、昔の面影を宿すことになる。つまり、生の正当化、現実世界の樹立に関わる言語、あるいはパロールのなかで、ひとつの生に対する義認が見いだされるはずである。ところで、子に対して十全ではない父親――としての苦悩は、母性的な――より寛大な決着へと委ねられる。それは我が子を血の系譜の一員とするのではなく、むしろ、ある伝説のなかの住人とすることだ。それこそが子に対する愛の贈り物である。言うならば彼をして、谷間の世界、森の世界、村の世界の創建英雄たちと等価のものにすることである。ひとつの真実が語りつづけられる世界、子供の動きに応じて、様々な声が楽譜のなかの音楽となり、そして奏でられる、そのような世界の住人とすること。

私たちは、いま、その作品が少なくとも真実との一種のゲーム、真実の顕現と、そのパロールに関するゲームであると明言できよう。とはいえパロールは課題でも演目でもなく、一人の作中人物となって現出する。物語りを語らせ、書かしめるのはその人物である。正しく言えば、パロールこそ、作家を生に結びつけることを強制するのである。

しかし大江健三郎の世界が現われるのは、必ずしもそのような仕方、あるいは了解を基にしてではない。世界が示す精緻さ、非情さと言ったものは作品ごとに異なり、曖昧模糊としたもの、凝縮した作品、あるいは焦点が定まらなくなったもの様々である。その度合いがどうであれ「私」の苦悩への接近が計られ、ついには畸形出現のモチーフを形成する。剥き出しの肉体的現実に最も近い肉体、活動する癌細胞、原初の生命体、水中で繰り広げられる架空の物語（ゼラチン状のなかの単細胞原生動物）。そうした生体組織は、錯誤のイマージュに形を与えつつ、それを維持すると同時に、ある心理学的仮説と異形の肉体との間で、変容させる。大江の小説にはすべてこうしたイマージュの生成と変形の動きに関する一種の証拠立てが含まれている。そこでは何者かは何ものかである。

　書物として書かれた類いのもの、歴史に由来する千変万化の事象、自らの異形性のなかで逡巡する肉体。他者はそれを気遣い、活動の負担を肩代りし、自らの生でもって、それを解釈する。少しずつ変化の兆しを見せ始めるのは現実世界のほうである。というのは、世界は、すでに不安定さにつきまとわれる中心を自らのうちに宿しているからだ。この何ものかは、この地上世界の危険そのものである。それはまた、何者か（子、父、あるいはその他すべての者、歴史の創生者ではないにしても、破局と異形の生成者）である。

　この不安定な地上世界は感受性豊かな、醜悪で、自閉的、孤独な怪物たちの住み家ではない。しかし彼らの周りに、彼らのために――あるいは彼らを貫いて、彼らの産業を通して、と言えるかもしれない――世界は築かれている。あるいは慣性の力によって、音楽、または唄がかろうじて振り切ることのできる、あの重力によって、この地上世界は築かれている。

そこには読書のなかで浮上するはずの最初のモチーフがある。すなわち書かれた主題を巡って展開する諸状況。作中人物。地上世界を歪め、屈折させる巨大なハンマー。とどのつまりは音楽によって分割され、引き裂かれ、分節された事物。ところで音楽とは深淵を映す鏡であり、無限（少なくとも決して形をなさなかったもの）が醸し出す階調の蜃気楼である。

作品は程度の差こそあれ遅かれ早かれ、様々な情念が生まれ、もがき、流産する、そのような場を私たちに提供する。それは私たちが作中人物たちとともに織り上げる絆と言ってよい。人物たちの言葉が生のさなかに保持され、同時に、その言葉によって不可視のものとなった紐帯となる。小説の人物たちは私たち読者が、より完璧な情念や相貌の衣裳を整える仮の枠組みである。なぜならある種の委任によって私たちは彼らとともに何ものかを経験するからである。私たちが経験するものは、本物らしく見せかけた彼らの生ではないし、何か特別の使命を帯びた生、あるいは脚色された生でもない。そうではなく、私たちの生に対する小説の側からの異議……それは完璧な小説的フォルム、さらに言えば《発明された》フォルム、いわば私たちが自らの思念、歓びや悔悟の断片を投げ入れる伝染性のフォルムである。それは実際、生のかたち（フォルム）であるが、私たちはそこに自らを投影し、ある真実を引き出そうとしているわけではない。私たちが認識するものは往々にして私たち自身が決して所有しないもの、あるいは決して私たち自身がそうではなかったものにすぎないのだから。

このもうひとつの生、いつも現実の生に近く、それだけ架空のものではないもうひとつの生が私たちのうちに探り出すのは、ある種の愚鈍さである。別の言い方をすれば役に立たないものである。それでも、この生もやはり幻想に由来するのだ。文学が育む現実世界とは別の場所にある生という幻想に。私たちが生きるのは、まさにこの幻想を糧としてであって、私たちを、ここ劇場のなかで釘付けにしている諸任務の遂行のためではない。劇場は単に、その可能性としての生の範囲を定める境界石にしかすぎないからだ。

この生もまた、作中人物として《設えられた》ある種の付帯的なものに過ぎず、その人物たちの驚くべき存在は、戯画的細微とでもいうべき手法の延長線上にある。そこでのみ、作家の言葉と結びつき、作家は、いわば（人物として）要約された生を受け取り、その宿命を生きるのだ。

自ら我が涙をぬぐいたまう日

この小説、（あるいは中編小説）において、主題は音楽的進行のなかで展開される。小説は（反復によって、行為によって、また語り手自身を苛む責苦と同一の苦悩の力によって）ふたたび見出された時のあの一瞬を導き出す。父の死に際し、慰めの唄が響きわたるあのひとときを（小説のなかのあの人）。父（あの人）、息子（「彼」）ともども醜怪きわまりなく、その肉体——甲虫類的、ゼラチン状の塊り——は、奇怪な様相を呈し、苦痛、あるいは固有の痛手と言ったものの、それぞれの付属器官を形成する。ここに至り私たちはカフカとフォークナーのはざま、すなわち魂の苦悩が、関係性のドラマへと収斂する場所を見出すのである。そこでは、ひとつのドラマの結末が別のドラマのいわば第二の生成因となる。肉体は魂の苦悩により造り出され、それはすべての行動体系、あるいは心的装置の内的感化のひとつの導因となるのだ。この点からすると肉体の創出は魂を目に見えるものとすることに他ならない。それゆえ（肉体を有する）作中人物は、この魂を囲繞する事物ということになる。そして音楽、あるいは唄がやって来たとき、その音楽や唄、旋律が単なる表現ではなく、ある遁走の（喪失、破滅を隠蔽する）偽装であることを私たちは知る（あるいは改めて理解するであろう）。決して虚構ではない移動、ダンス、歩行、揺らぎの軌跡を声がたどる一種の詐術。それはあり得べき肉体への道筋、あえて言うなら蒸溜濃縮された肉体のたどる方向である。というのは、実際ジョゼフ・ジュベールが作り出したこの感覚の《突出部》――《蒸散閾》のなかの作用によって特徴づけられ、定義される――は、ほとんど遁走とも言えるもの、表現の不可能性をふくみ、肉体からの遊離、肉体を遺棄することの至高の瞬間を意味するからである。

（実際は水中眼鏡を着用しているだけであるが）「あの人」のスキューバ・ダイビングの出で立ちから、その姿が現われる幾つかの光景の断片に至るまで、水面下の、水底の汚泥にまみれた世界の様々なバリエーションが繰り広げられる。珊瑚の群落、絡み合う海藻、湧き上がる原生動物群、それらは、あのどこかの病院、森、あるいは伝説となって、いわば（小説的でもない変身譚の領域にも属さない）情念の水族館をかたちづくる。そこで、鯨の肉体と化した「あの人」は、正確とは言い難い定義によってしても、やはり怪物であり、そのことはバッハのカンタータと「ハピー・デイズ」のリフレインのしゃくり上げるような交声の昂まりが少しずつ聞こえてくるにつれて）少しずつ理解されよう。（その水中世界で生きているのは怪異な者たちだけ、すなわち神々の誇張された姿である《子供用の》肉体をもつ）小児的肉体のみである。

ここでは神は、まず何よりも、ひとつの肉体である。文字通り巨大で（不定形の）肉体である。伝説に根拠を与えるのはこの肉体となった神である。こうした伝説の正当化は単純、かつ現実的な例外性によるとも言える。つまり、それは人間の外観をした何者かではあるが、その生は踏査が不可能な思想ということになる。

かくして、大江健三郎作品における情緒的結構、佇まいというのがどのようなものであるかが理解されよう。「産み出される」のは責苦、恥辱、そして有罪性である。この点からすれば私の最も好きな作家は大江とは言えないまでも、その小説構成の巧みさは完成された印象を強く与えるものである。この責苦や懊悩から学び、自己を鍛錬した大江は、他者（父、子）に関して前代未聞のページの数々を書き連ねた。他者の肉体は、その誕生と出会い、その配置のとどまることを知らない物語りとなる。――不安定で、驚愕すべき形式の物語りはまた、ある意味では緩慢ではあるが常に進化する形式のもと、不可解で窺い知れぬものとなる。

ところで、この物語の書き手は（記憶の偏差によってもたらされる詩的世界の住人である）子供ではない。この物語を書かしめるのは、ある種の親子関係の混乱と言ったものである。エクリチュールは何かを征服することでも正当化することでもない。限りなく自伝的であり、しかし変則的なもののなかで、エクリチュールが仕掛けるものは、世界を前にした基本的物語りという罠である。この物語りはと言えば、まさしく単純そのものであり、様々な思念や意図の迷宮をさまよったりはしない。

どのような魔力（執着、僥倖の女神…）によって、これらすべてが唄に変形するのであろうか？　なぜなら、唄はまた、文学がその源としている生の音楽であり、隠喩、あるいはイマージュであるからだ。文学は生を表現しない。文学的表現という幻想のなかで、生を十全の姿で描くことはできない。文学はいわば不完全で無力な、根拠に乏しい補完的力学を提供するにすぎない。文学が埋め合わせるものは、おそらく実体を持たない不可視の量、相対論的な質量でしかない。

ところで、なぜ、私たちはこの唄をテクスト全体を通して待ちのぞんでいるのか？　そして来るのは何か？何が《立ち昇ってくる》のか？　それはおそらく物語りの成行き全体を司るもの、森を突き進むときと同様の困難な物語りの進行を担うものとしてやって来る。しかし物語りの前進はまた、（主人公である《かれ》や遺言代執行人といった）語り手の位置する場所が、もつれ合い、変化し、錯綜することによってもなされる。幾つかの純粋な音楽的モチーフ、多声部の織りなす模様は、音楽そのものというよりは、むしろ音楽を予感させるものである。音楽を準備するのは中断を挟み、調子外れのリズムを刻む騒々しいモチーフの戯れなのだ。その音楽は、人物の歴史、戦争の伝説、語り手の癌、そして（反逆的で、奇怪きわまりなく、死すべき定めの肉体である）父の生命の衰弱、涙と哀れみへの切々たる、しかし理解不能な訴えとなる。そしてアメリカの流行歌とともについに爆発し、バッハとその哄笑的木霊が響くなか、記憶をたどって再び織りなされた布きれのようにはたはたと広がってゆく。

名状しがたく、かくも凄じい物語り。流刑追放、不毛性、肉体的恐怖、言い換えれば接触への恐怖。この物語りは、その素材として、ある音楽的フォルムを告白する。そのフォルムを通じて私たちは小説の終りを了解するのである。あたかもラジカセに突然スイッチが入り、感覚を麻痺させる大音響のテープをつぎつぎに繰り出すかのようにして小説は終りを迎える。

実を言うと、このテクストは大江健三郎の作品のなかでも最も謎めいたもののひとつである。モチーフと声の織りなす、途方もない構造の物語り。そこは肉体と病苦、あるいは肉体を覆う異常性の横溢する空間でもある。ここでは心理学が、幼児性へと立ち帰った肉体を伝説の世界（一種の幻想水族館。不思議な汎神論的世界。というのは神々の世界とは、感覚が増殖する例外的人間の世界でもあるからだ）へと導く出来事に直面したときに生じる齟齬、ちぐはぐな振舞いがもたらす不適応の度合いを測るものとなる。

流動的で、不安定な浮動世界にあって、物語りを創り上げるのは作中人物でも、彼らの冒険でも、行動の結果でもなく、有り体に言えば不器用な一個の肉体、魁偉な姿で現われ、捕らえどころのない様相を呈す一個の肉体である。それは、ある歴史のなかに現われたカメレオンとも言うべきもので、これまで決して自己自身であったためしがない代物だ。このどこまでも異形の肉の塊りは、《ヤジロベー》や《起き上がりコボシ》のように、（彼自身の生であり、意識である）その重心の上で均衡し、物語りが今後も決して見いだすことのできない神秘的力学によって回転し続けるのだ。そして神話の伝達者に生命を与え、それをつき動かすものが、まさにこの神秘に他ならない。というのは人間以外の動物的存在ではないことだけは確かであるが、その他の事柄については不確かな人々や子供たちを縦横に動かすためには、一群の伝説が必要となるからである。彼らが受け継ぐものは一種の意味の暴虐、作中人物の完全な退行状態の露呈である。意味は、彼らによって解き明され、構築されるものではない。意味は――まるで事故か何かのように――彼らのほうにやって来るものなのだ。

そしてすべての冒険は、たとえば、ある楽章の演奏、ある唄の高唱となる。私たちが目にするのは、ひとつの行為についての映像的意識、あるいは音楽的意識がもたらす幻想である。それが行為の不完全なコピーであるかぎり、奇蹟でもあるが。

主人公（あるいは主題といってもいい）は人間世界にあって一人の例外的人物、下方世界の例外である。

そこでも、世界は一条の光となって、水と、重く煙る大気の層を貫き、深い霧の上に注ぐ。霧は植物群や低くたれ込めた木々の枝、繁茂する木葉、自らの居場所を守りつつ森と化した藻類をかき分け、流れる水の揺らぎ、湖水のざわめきがかたちづくる起伏や曲線を満たす。光はまた、展性に富んだ可塑性豊かな新しい物質の上に降り注ぐ。とはいえ、この物質の姿を変えるものは、いまや、この物質を取り囲むものの変化によるしかないのだ。大気に、風に、雨に、恩寵の幻想、水中世界の幻想をほどこしながら、光は水と大気の層を貫く。水と大気の層によって光の筋は少しばかり乱反射し、撓みつつ、ある深淵、ある肥厚、ある実体を伴った物質へと《変化》し、ついには光の連なりとなるのだ。結局、この光芒の作用によって、物はその輪郭やデッサンを失ってしまう。

かくして私たちが読書のなかで、それだけを待ち望んでいたもの、つまりは、この小説における唄の存在に気がつくことになる。というのは、唄は、次の瞬間、すなわち物語り＝歴史が終末に近づき、最終局面へと展開するまさにその時、そして作中人物たちがフーガの構造のなかで複数の《声部》を受持っていたことが開示されたその瞬間、まさに唄が私たちのところへ届くことになるからである。しかし、唄の存在はとくに、それがある瞬間、不可能な持続の開始と試みを意味することからも認識されよう。だが唄は作中人物を私たちの目や唇から消し去る昇華作用、作中人物の純化する瞬間以上のものではない。なぜなら、こうした作中人物こそ、その瞬間私たちに、彼らの役どころ、主人公ではなくむしろ歌い手の役を引き受けることを強制するからである。さらにはこうした作中人物こそ、私たち自身の声（あるいはそこで喚起される情緒）によって、私たちがこの口遊まれたリフレーン、バッハのカンタータの不可思議な深淵へ分け入ることを強いるからである。幾つかの肉体が崩れ去るさなか、やがて小説が終りを迎えるのは、このカンタータの深みにおいてである。そこでは金切声で歌われるアメリカの唄と、肉の世界の終わりを告げる二つの声が交差する。カンタータが準備されるのは、こうした世界の終焉をまえにしてなのだ。そして、すべての希望が終わるところ、暗闇や廃墟、絶望の彼方から、大いなるものの加護を求めるなかでのみ繰り返される、あの愛と至誠の誓いが沸き上がる。

突然耳にした、この予期せぬ唄、それは私たちが思いもよらず待ちあぐんでいたものだ。なぜなら、その唄こそ私たちに、ある動きの身体的摸倣を促すものだからである。たとえその動作が、実際には肉体を伴わない架空のダンスにすぎないものであったとしても。そしてこの裏声のデュエットは不規則なマーチ、奇怪な進軍となり、貧弱な木車（義勇隊によって選ばれた隊長と、彼がまき散らすゼラチン状の塊となったものを運ぶ手押し車）、そして銃殺執行部隊の軍靴の音と重なり合う…。奇妙奇天烈なディテールの数々、膨大なイマージュの連続、あの人（とうの昔に名前では呼ばれなくなった父）の動物的ともいうべき肉体の現存、嚢腫、膨満、これらの眩惑的遺産はすべて《かれ》息子に引き継がれる。あたかもその癌と（体内ガス、尿、腐敗物の詰った）膿嚢が、命中した弾丸のように、あるいは呪いと宿命の重みのように継承されたのである。ところでこの小説のなかで唯一私たち自身に委ねられることになるのは唄である。声となった唄は、作中人物たちを非現実化し、遠ざける隔壁となる。――しかし唄はまた逆に、透かし模様で描かれた人物のように、あるいは古代の分身霊のように作中人物たちを私たちのところへ忍び込ませる――。響きわたり、反復され、言葉の意味を手探りしつつ、唄は悲劇のなかの運命よりもさらに確実に肉体を終末へ、やって来る死の瞬間へと導くのだ。嗚咽と思い出、口ごもりのなかで千切りにされた唄が始まり、読む者は突如、その親密さのうちに捉らえる。

この最後の唄は、物語り全体から滴り落ちる滲出物のようだ。物語りの曖昧な決着とも思えるこの最後の唄は、作中人物によって唯一企てられた行為であり、いつまでも続く行動開始の結末として現われる。そして（軍事的、宗教的、小児退行的に）歌われるこの行為こそまさに彼ら作中人物の死の時、彼らの終末を表わすもの、その蒸散の目くるめく瞬間である。

それはまた、たとえば大江健三郎の息子によって書かれた音楽のように、森の精霊と親和し、その表現からすべての不幸を解消し、取り除くものなのであろうか？

音楽的モチーフが明らかにされる最後の幾ページかは、唄の解釈、その意味の変形、そして、その強迫的で悲劇的、かつグロテスクな馴化過程をたどるものである。一言で言うならフォークナー的色合いを帯びたページである。そこでは常に小説的パロールが、創造された肉体の側からの活力の極端な表現、表現の一種の遅延（あるいは不可能性）によって組み立てられ、せき立てられ、喘ぐようなパロールとなる。ここでフォークナーはいまや単なる影響以上のものとなる。彼は、霊感の源泉、おそらくはひとつのモデル、あるいは啓示者の役割を担っている。動き、物語り＝歴史、典型化、作中人物の極端な異様さ、こうしたものによって、言葉は適切な表現手段ではなくなってしまう。言葉で書かれた彼らの肉体は実際、一種の畸形であり、いわば吸取紙のようなものである。物語りの主要部分は本質的に変則的なものではない。しかし、そこを支配しているのは深いアノミー、無規範性である。つまり、ここで書き表わされた世界は、どんな法則をも示すことはないのである。（それゆえ、有罪性の痛みを逓減するいかなる手立ても存在しないという逆説が成り立つ）。まさにそこにおいてテクストの素材そのものの供給源が形成され、自伝、告白、秘密、あるいは悔悟の責苦が第二のモチーフとなる。このモチーフは私たちの内部にその起原を有するものではなく、むしろ人類の誕生に始まる別種の起原、あるいは事象の生成因へと向かう逸脱の結果である。その内実は、慈愛と憐憫の行為を示唆しているのであろうか？　自らの息子を幾多の伝説に生かし、その息子を母性的な伝説の材料とする苛酷さや心の苦しみもまたモチーフとなる。すでに神話的親子関係のなかでしか責任の所在がない肉体と主題。母性的なパロールのなかで文字通り再び認識され、産み落とされる肉体と主題。

ここでは、まず小説的主題の通奏低音をなしている神経症的肉体が、最初の語り手の回りくどい、斜に構えた調子外れのフィクションに満ちた物語りによって次第に明らかにされてゆく。小説全体は叙述のこうした働きや役割の展開過程として構築される。物語りを《遺言代執行人》へと伝える《かれ》は依然として病にとどまり、父である「あの人」の寄生体に蝕まれている。

おれは膀胱癌で出血しつづけているあの人を木車に載せて、谷間から根こそぎ引きぬくようにして連れ出した将校たち兵士たちのことを、はっきり思い出そうとつとめているうちに、かれらのうちのとくに将校を、進駐軍の兵士の格好をしている者らとして思いえがいてしまったりするんだよ。もともとおれの軍人のイメージには、敗戦直前の日本兵と、敗戦直後、進駐してきたアメリカ兵とが二重構造になって浮びあがってくるところがあるんだ。しかもそいつらはふたつながらに、あいまいなかさなりあいかたをしているし、くっついているところは滲みあってすらいるんだ。おれは谷間にやってきた、あれらの青年将校たちと兵隊たちの服装について、具体的な正確さとともにはとても口述できないだろう。それこそはもっとも重要な部分なのに! それなしではきみたちにおれのいうことを、単なる空想上の大騒ぎとしか受けとらせないにちがいないのに! そこにこそ、おれのハピイ・デイズの全体を最終的に輝やかせた動力源、光源があって、それ以後のおれの生活のなにもかもがそこからの力に作用されて動き、おれのまぢかな死だってそこからの光でのみきらめいているのに!

二つの肉体の、二つの物語り=歴史の、そして痛ましくも混淆した二つの唄(思い出のなかの不協和音、というよりはむしろ偽ることのできない記憶の苦しみを滲ませ、聴かせながら）の、この驚愕すべき構成。ここには、おぞましくも美しく最も緊急な、真に必要とされるものがある。この死への回帰の不可能性（死の不在こそ生ける者の病であるがゆえ、病がその魂に充満し、その肉体を蚕食する）こそ、途方もなく衝撃的で想像を絶するものである。熱を帯びた魂が受肉するのは、まさにそこなのだ。（この艱難の物語りを語り、その苦しみを引き受けるものは、そのような肉体である）。物語りの特徴として、ひときわ顕著なことは、その際立った可塑性――とくに音楽的高まりのなかで現出する柔らかさ――である。たとえば、魂はその醜悪な肉体と同様に苦しみ堪えるが、その肉体となったのは魂である。しかし自分の息子を通して書こうとする場合、大江健三郎の計画全体はそれとは異なってくる。《神の》選択による息子の存在は（未知の世界へと向けられた音楽と同様の意味で）可視的となった魂であろう。

今、長い時の経過によって減衰されたものを再び取戻そうと思い描くことができるであろうか？　取り戻そうとするのはプロットへと要約された物語りの時間である。それは作中人物によって示される記憶することへのこだわりとなる。（この人物によって《口述された》年代記がこの物語りのすべての叙述の仕組みとなっている）。記憶することへの悲痛な努力を通じて得られた語り手の生は、戦時中そして敗戦の日から父が亡くなるまでの父との生活に他ならない。

（物語りの主人公であり、その語り手でもあり、自らの物語りを傍らで彼の看護をする女性に委ねる）《かれ》は、潜水夫の出で立ち、水槽の魚たちといった道具立てのなかで、いわば実験的状況において語り、そして書く。かれは現在、《癌》の治療のため病院に入院している。どんな病院でなのだろう？　付添婦となってしまった看護婦（彼女が《変装》した彼の配偶者であることがわかる）は、この患者と自分の肉体を密着させて、かれの横溢する思い出の受皿となる。患者、あるいは主題は、ある事象の生成因、《かれの》肉体に他ならぬ、あるアリバイのためにそこに存在しているのだ。この肉体は、彼の仕事に依存している。その仕事とは、その因って立つ出来事のために、この対象のために、あるいはかれが、この医学的なドラマのなかで演じ切らねばならない事柄のために費やす労力そのものにほかならない。

この仮構世界、想像を絶する倒錯的な佇まいの病院、肉体を屈折させ（修復し、変造し、弛緩させせ）、秘密が内覧される場。そこでは肉体の状況という因果が冒険に変質する。そして病院は魂に何かが付加される場所となる。

しかし、単に物語りのなかで名指しされているだけの、この音楽のリアリティを支え、あらためて私たちをして耳を傾けさせるものは何か？　いまや肉体と幾多のイマージュ、記憶と肉体の関係が緊急課題となる。あたかも小説的冒険が、肉体的個人史における一種の事故によってしか当の肉体と関わりを持たぬかのように、その偶発事によって肉体は、かつて祭りの怪物たちがそうであったように、エクリチュールのテーマ、あるいは小説の怪物となり果せるのである。この怪物の肉体は、脱線する機関車のように、あるいは夜から逸脱して出てくる夢のように、肉体の誤りから生まれたのである。そして伝説の肉体は、その子供たちの眠りを護る子守り歌となるのではなく、ついには怪物を産み落とす。

もし大江の小説が、どの作品も肉体を通じて謎のありかを指し示し、歓び、あるいは苦しみを固定するものであるなら、また、その歓びや苦しみから小説の冒険が創り出されているとすれば、それゆえ肉体自体は、かつて古い小説が関係性、あるいは心理学に捧げたあの小説空間を、自らの凝縮した質量により十全に満たしうる、いわば関係的事象となるはずである。そこでは作中人物の肉体は、その内奥に謎めいた本質のすべてを残しながらも、一種のゴム状物質的な分泌物となる。神話的形象をかたちづくるために神話が利用する素材、それはたとえば様々な形をした貝殻状の躰の上で息づく原始的生命体、巨大な頭部、脂ぎった物質の増殖、そしてついにすべて肉と化して終りを迎える作中人物の癌、あるいは嚢胞(その存在の証し、特性)。こうしたことによって、肉体は――まるで動物学的分類表の例外種へ登録するほかない動物のように――ひとつのエクリチュールへと包摂される。ところで、その舞台もまた想像の埒外である。《かれ》が水中眼鏡を装着して進化する場所は、実はここ、水族館なのだ。

それにしても、こうした光景の絶えざる演出は、どのような理由によるものか？　ともあれ、その演出において肉体は、それが《生成し、変化する》ゆえに、その生や形式の現実的な生成因でもある、この閉ざされた思考によって生命を与えられ活性化されることになる。ところで、どのような理由によって、その肉体は異形の、畸形の継承を通して、その孤立、あるいは、その孤独を生きなければならないのか？　ついには常軌を逸したその姿かたちが、あの全面的に転移・拡大する異常なものへと結びつけられる不条理となるまで？　しかし、魂、あるいは人間の実際住まう居住世界のそのような卑しむべき下落のなかに、肖像のすべて、形式のすべて、そして、おそらく宿命のすべてがひとつひとつ精緻を極めたものの形となって浮上するのはなぜか？　そこで愛が求められ、慰めが必要とされるのは、いったいどんなわけか？　それこそ私たちにとって、「みずからわが涙をぬぐいたまう日」の意味なのであろうか？

そのわけは、この作品のもうひとつの目的（最初の目的が母性的な伝説における肉体の誕生と退化、その肉体の原始の森への回帰、《選ばれ》ざる者には聴くことのできない声が、一種の神的な存在である素朴な者たちに届く、そのような森への回帰であるとすれば）そして、もうひとつのモチーフ（とはいえ、それは最初のモチーフを伴奏し、そこに留まりつつ）は慰めであるからだ。それは、奇矯な思いつき、暴力性、揺れ動く形式、つまりは不規則性の横溢したこの作品が揺りかご、一人の子供の凄じい揺籃であるような慰め、または、この不可解な子供のほうへ《やって来る》夢なのである。

ここに、いま無残な注釈を施された大江健三郎のテクストがある。私が彼を愛するのはこのテクストゆえである。このテクストを通して私は彼の他の書物を読み解く。まさに、この読書のおかげで私は彼を知ることができたのである。語りと真実隠蔽の時、ゲーム、とりわけ読者の感性の強度を推し量るゲームの持続。物語り＝歴史はそうしたものの緩慢な進行となり、それは幾多の光景を共通のカタストロフへと導くのである。

かれはそういう母親の声を思いだすと、そのあたりに転っている、柄のぬけた鍬をひっつかみ母親にむかって襲いかかろうとしている記憶の現場の、感情の水位の絶望的な昂まりにまで、肝臓癌のベットに横たわりながらたちまち達してしまう。

「いつまでもなぜあの人と、呼びつづけるの？　なぜ父親という言葉に置きかえてはいけないの？　あの人というと神話か歴史のなかの、架空にちかい人物のように響くわ、と「遺言代執行人」がいう。おれの母親が、ある特別の日からあの人という呼びかたに固執しはじめたのは、あの人を架空の人物におとしめてしまいたかったからかもしれないね。おれ自身も谷間を決定的に離れて、どこにもあの人の痕跡がこびりついていないところに進み出ると、母親の実に激越な、あの人への否定の影響をこうむってのことでもあるが、しだいにあのひとのことを、おれの想像力がつくりだしたものじゃなかったかと疑いはじめたくらいだからね。想像力がつくりだしたものでも、やはり厄介きわまりないものなんだが……」（みずから我が涙をぬぐいたまう日）

作家はしばしば父の死を、自らの思い出に結びついた数多の幻想とともに、自分の財産、あるいは遺産とみなした。同時に父の死をはっきりと際立たせ、かれの魂の秘密、あるいは魂そのものを構成するものとみなした。というのは魂はある秘密の時間、思想と情念の源、あるいは明白な根拠もない欲望の淵源から生まれるはずのものだからだ。父はかれが引きこもった世界から、その愛を継続するために秘密契約の小切手を振り出し、それに霊感を吹き込むことになる。そのサインによって、このかつての父と、幼児であった息子が、この死が時間の隠蔽にすぎないことを知るはずである。結局、作家にとって必要なことは幾つかの幼年の物語りをアレンジし、配置することではもはやなくなった。むしろ、作家がなすべきことは、その隠蔽されていたものの開示を証明することであった。それは作家にとって自らの生の秘密と交信をなすことと同じくらい重要であった。この秘密、あるいはこの魂が最終的内容、内実全体として、別の秘密しか持ち合わせていなかったことが単純にその証明の助けとなる。その別の秘密とは、作家の所有していたもの、そして他者の行為を媒介とした作家の永遠の創造行為のなかに存在するあの秘密のことである。それゆえ他者とは、まさに共有不能な時間の秘密、あるいは作家が思想の深奥として思い描く何ものかである。そのような他者との関係がなければ、この死、この契約、この時間の隠蔽に見合った事象は在りようがない。ということは、もはやすべての事象は顔貌、人間のかたち、肉体のようなものでしか存在することができなかったということである。それは、いわば苦渋に満ちた転生への試みとも言える。

ともあれ、この作品はある事象についてのエクリチュールであり、その事象との共鳴音である。それは事象の解釈と言うよりは、幾つかの世界による変奏である。エクリチュールの不安定さのなかで、この作品の美を推し量るものは、その比類のない事象（子の誕生と世界の終末）による。いったい何がこの作品を特異なものとしているのであろうか？　この作品に触れるや、私たちはすぐさまひとつのドラマへと引き込まれることになる。大江健三郎のエクリチュールがその変化をたえず計測しつづけるドラマの世界へと。エクリチュールは、あたかもその対象こそ当の作品が差し向けられる受け手であるかのように、その対象と一体化する。

そのスタイルの不規則性は、ここでは一種のパラドックスと見なしうる。それは多かれ少なかれ直接的な束縛、多少なりとも（目覚めたトラウマとしての）対象を求める束縛的関係を意味するはずである。このスタイルは多様性、気分、そしてその拘束的関係の必要性を記述する。文学、それは暗喩、あるいは生のエクリチュールの様々な段階を意味する。というのは、問題は常にそこから、すなわち、この解き明かされた謎から始まるからである。結局、作家は、自ら送った生の証人、誰か他者の肉体へと送り込まれた生の証人となったのである。これは、まさにそうした輪廻、あるいは転生の物語りである。大江健三郎の著作において作用点をなしているのは、物語りの対象ではなく、生ける者の重心である。他者の歴史を必要とする私たちの習慣に従えば、多少なりとも文学というものが明らかに要請され、迎えられるのはそこにおいてしかない。なぜなら、小説を読むという行為は単なる生についての仮説的試みと言うわけにはゆかないからだ。生の仮説では、決定的役割や決定そのもの、あるいは配置と言ったものは他者に委ねられるが、小説を読むということはむしろ、他者の生が私たちの生に欠けているもの、(つまり、《小説》であるもの)を提示してくれるものを見たいという痛切な欲求、渇きを満たすことである。そこでの問題は、いかに多くの小説的な生が私たちの生についての想像的可能性を満たすか、ということである。両者の生において変わらず十全に保持されるものは、事象や行動、私たち自身が抱くイマージュのそれぞれの結びつきから浮び上がる謎である。というのは、この繋がりが、私たちがそこから退きたいと思う世界を逆にもたらすということは考えられないからである。私たちの渇きをいや増す他者は常に働きかけ、苦悩し、自らを物語る行為のなかにある世界の一部となるだろう。他者とは、私たちの部屋を充たす沈黙のなかで、世界が私たちの外、はるか彼方にあると思い描くとき、そのような途方もない距離を埋めるひとつの世界である。

それならばおれは、自分のハピイ・デイズを一人暮らすベッドの生活のうちに十全に記録しておかなければならぬ、しかも、それをおれの死後に生延びうるよう客観的に位置づけるためは、かつてのハピイ・デイズの崩壊以後、おれの頭がいかにいつも、そのハピイ・デイズこそにむけて、模型飛行機の悲惨な錐もみのような運動を繰りかえしたか、それをもまた記録しなければならぬ、と決意したのだった……

（怒れるかれは、）いまおれが口述筆記させようとしているのは、ひとつの「同時代史」なのだ、それは単なる個人の恣意的な回想をこえているものだ、とあらためて念をおした。

おそらく大江健三郎の作品のなかで、不思議にも最も成功しているこの作品は物語りの経済という点で必要とされる以上の、はるかに多くの事柄を含んでいる。たしかに、すべての話の骨組みとなっているのは、この《過剰》である。これらの過剰な事物は《はるか遠くから》眺められているものではない。視線は物語りの結末、物語りの仮想の展望点である幼年時代の方角に向けられている。《相続された》水中眼鏡を通して、潜水具の円窓ガラスを通して見られる事物。成年になって《訪れた》幼年期の水族館、そこには不揃いの大きさで存続する肉体の切端がある。また、そこには、かって事物がそこに保持されていた情景の全体像が常に欠落しているがゆえに、いまや巨大で異形の様相を呈しているように思われる事物の本然の姿がある。ラプソディ風の息遣いとなって反復する細部を取り戻す背後の景色。粉々になり、散り散りとなって漂うほか在りようがなかった書き割りを背に、紐、縄、小さな機械仕掛けの品々が織りなすグロテスク模様。本質的に不均等であるがゆえに、オブジェとしてではなく（ただし、幼少期にいじくり回され、おしゃぶりされた物と全く同様の玩弄物として）むしろ子供にかかる息吹き、あるいは世界の重みとして働く圧力、接触、あるいは接近として、その役割を担い、演じている小物の数々。つまりは、それらの品々は肉体であり、生けるものなのだ。神々、あるいは獣となった事物、生き物で埋め尽くされた水族館、新芽や樹根、ひっそりと開花し、繁茂する植物の拡がる視界。今では奇怪で異形なものとなったこうしたすべてのものは、かつて私たちの肉体に気安く話しかけ、寄り添うものであった。それは世界をシミュレートし、大人たちの足取りを摸倣し、その身なりを真似する。またそれは、そのような遊びだけに肉体を結紮する繋ぎであった。かくして、みせかけの戦争のさなか、偽りの戦闘のなかで、剽窃された軍歌を唄いながら、私たちはその遊戯に付き添って、死へと向ったのだ。

だから、「同時代史」は、つねに過去に起った出来事の混沌とした反復となる(子の不可視的犯罪。かれは死と世代を共にしていた)。思い出の混沌しか産み出さないその反復が（というのは、その記憶自体、過去から増殖し続けているあらゆる種類の肉体を、再び信じがたいほど大量に産み出すがゆえ）まるで決してかたちとなって現われることのない不可視の事物を説明できるかのようである。そして他のあらゆる事象から切り離されて最後には、あたかも彼の同伴者、あるいは彼の継承者となるために、同時代史は反復であることを止めるのだ。時間の、あるいは光景の固着となって。

このテクストの類をみない美しさ、それはテクストの真実が謎となって隠されていることに由来する。しかし真実は、その美しさとなって露呈する。事物の異形なかたちを産み出すのは、幼年期についてのディテールの力強さである。その力業によって、事物全体は、解釈されることを待たずに、いわば、その古層へと委ねられたのである。それは、いわば配偶者を失った者たち、あるいは孤児たちの住む世界。それゆえ、息子が父を見る目は、もはや自ら写し取ることのできないものとして、すべての異形の肉体の因をなしている一個の肉体としてである。かれがなりおおせるのは、せいぜい自分自身の息子、そして自らの記憶の病でしかない。かれは、その最初の肉体の一部を自らの住み家としようと試みる（水中眼鏡を着け、《狂乱のはてに相続された》病を伴って）。私たちの世代が知った途轍もない出来事、先立つ世代の死に際し、そのおぞましい養分を糧として肥育された出来事、とどのつまり、そうした出来事が私たちを産み落としたのである。

将校や兵隊たちの躰の動かしかたとか、それにかれらの実務化らしい連絡の声とかをつうじて、しだいに谷間のガキたるおれの内部の1945年8月の自分をよみがえらせ、そいつがすっかり元気になるまでなおもあらたに生きた血をあたえるということが、本当にむつかしく思えるんだ。（みずから我が涙をぬぐいたま

う日）

読みながらしるした、こうした幾つかのノートのなかで私は何度か次のことに注目した。すなわち、大江健三郎の作品は情況の産物であると同時に、幾つかの素描、ディテールの拡張、あるひとつの歴史物語の進化として創られていると。この歴史物語はとうぜん歪曲を秘めているがゆえに、まったく物語りと同じものというわけにはゆかない。物語りとしての歴史は、もしその見取図とともに、その方法が変われば、語りのなかでの視点の絶え間ない変化にさらされる。大江の作品は、こうした意味で肉体＝意識の視点における不均等な散乱反射ともいえよう。

それでは物語られる対象は何か？

生きている存在の、一種の理解不能性、たとえば、それは限りなく異様な息子だけでなく、「飼育」の「黒い肉体」にも通じる怪物的な父親。(《あの人もなおも肥満していったんだ》(みずから我が涙をぬぐいたまう日))。物語り全体の絶えず繰り返される主題は、病、あるいは苦悩と言ったものが記憶と等価、あるいは記憶そのものであるということである。そこでは、まさしく事象、あるいはその事象因こそ、かれを一人の観察者に仕立て上げ、一個の経験対象とする。内的事実と情動、自己・他者同一化への中継点、そうしたものの混淆のなかで繰り返され、敷衍され、書きしるされた歴史をつらぬく主題、実のところそうした物語りのテーマは歴史のエクリチュールによるものなのだ。そこでの真実は、適切さという要素、あるいは物語り全体の基礎となっているものとは別のものである。そのエクリチュールで重要なのは肉体全体の歪められた鏡像と言ったものである。

終戦、天皇の退位、原爆の巨大な菊の花、父の奇怪な死様

この太った「ガキ」に向けられた優しさ、枕許の母、《遺言代執行人》に変装した女、昆虫に変身した語り手。そのフィクション全体が表わすものは、エクリチュールという装置の働き、展開であり、永遠の不可思議さであるとともに、記憶（その《スタイル》）の切分音を刻む仕掛けでもある。そこに二声の唄（二つの情念、すなわち混淆した二つの年齢・時代）が加わり、オブジェとしての肉体と同時に書く者としての肉体を産み出し、創り上げる。

大江健三郎は、さらに次のような問題を提起する。つまり、小説はその内容、その事象因、その最初の事象の間隙に差す光芒によって創られる、と。あるひとつの肉体が生まれた理由と、その消滅という出来事の間の束の間の光によって。あるいはまた、その事象因・理由自体がひとつの肉体であり、その肉体の、書かれたものへの変容の物語りであると。このエクリチュールの、すなわち、この小説のあらゆる特異性は、閉じこめられたアイデンティティとか肉体同士の類似性

と言ったものを賛美、または強調していることにあるのではない。それでも物語りは、そのパロールが肉体を貫通するには至らないがゆえに、肉体を中心として、というよりは肉体の周りで展開される。――パロールは肉体の矯正不能な変形を意味する。それは肉体が物理的事柄としてのように姿を現す最後の機会である。

そこには幼年期の発見がある。他者の肉体全体は、そこでは細々とした事象、あるいは肥大化したもの、異様な存在である。ディテールからの圧力、眠りの圧力のもとで肉体は、依然として事件として存在するにすぎないだろう。つまりは、やって来るもの、そして説明なしにとどまるものとして、物語り（そして劇）は当を得たパロールの保持者たる母の知識となる。しかしなぜ病院に住み着いた潜水夫の出で立ちまでして物語りの苦しみが、交互に、しかしひとつの唄の形をとって息子の、父親の、事象因として生じた歴史、そして肉体の歴史とならねばならないか？　そして何よりも、とどのつまりは自らの記憶を隠蔽する生き物すべての歴史となるのか？

エクリチュールの変奏のなか、ドラマは事象の反復となる。そうした出来事の繰り返しによって、作中人物を素材としてディテールと思い出、解剖学的断片、イマージジュに近似したモンタージュが創り上げられる。たとえば口癖のように繰り返されるあのハピー・デイズ。Da wischt mir die Tr_nen mein Heiland selbst ab. と歌うバッハのカンタータの激しい昂まりと相争うように、口をつくあの唄。死の方角へと歩む生き物のように手押し車で運ばれる異形の父。カフカの小説のある下宿人のように設えられた息子。こうしたすべてが、書きしるされた人間というものを創る。

すでに35年間も使ってきた「かれ」の肉体にくらべて、いわば生れたばかりの新鮮さに輝やくみずみずしい癌が、そのまま腐敗しはじめる。「かれ」は自分の生涯の再構成の試みが、思わぬ伏兵の出現によって失敗したことを認めるが、すでにそれに執着して思い悩みはしない。ほかならぬ癌の破壊的援助によって、「かれ」はこの２５年間に、真の「彼」の肉体に上乗せされていた余分な肉をとりさり、１９４５年８月１６日午後３時の「かれ」の肉体にまで、すでに縮小しているはずだからだ。あの気狂い女がくどくどと発した言葉のうち、わずかにまともな意味をそなえているのは「かれ」がすっかり痩せて戦争末期の少年の顔に戻ったというところのみだ。「かれ」はボオイ・ソプラノをまねたキイキイ声をはりあげて、Let us sing a song of cheer again happy days are here again！と歌う。もっとも、そのメロディは、ヘッドホーンから、たえまなく響いてくる音楽によって、

Da wischt mir die Tr_nen mein Heiland selbst ab.という叫び、「かれ」の理解する意味あいでは、天皇陛下が、オンミズカラノ手デ、ワタシノ涙ヲヌグッテクダサル、という祈求の叫びをのせてしかるべきメロディにかわってしまう。時には、Happy days are here again！と歌うかわりに、来タレ死ヨ、オマエ、眠リノ兄弟ヨ、Komm, o Tod, du Schlafes Bruder と裏声で歌っていることすらもある。やがて癌は確実に、「かれ」の１９４５年８月１６日の実質を覆いかくしていた、むだな肉

体＝魂の外被をくいつくし、サア、コレガキミダ、コノキミヨリホカノキミニ、キミガナルコトハナカッタノダ、 Let us sing a song of cheer again happy days are **here again！**とささやきかけてくれることになるだろう。「かれ」の肉体の根底からじかに魂へと串刺しされる声で。その時こそ「かれ」にむけて、あの真夏の晴れた午後が、どのようなかたちにも選択可能となって、まことにエラスティクな「いま」として現前するだろう。「かれ」は自分が癌人間となりおおせる直前に、その「いま」の、奥深い広びろとした内側に悦びとともにはいるだろう。）

本文著者
ジャン・ルイ・シェフェルは（Jean Louis Schefer）１９３８年生まれの哲学、文学、美術批評家、作家。
１９６９年、**ロラン・バルト**や**レヴィ・ストロース**の弟子として、記号学・構造主義の立場から書かれたSc_nographie d'un tableau『絵画の遠近法』《テル・ケル叢書》（スーユ社）で、若き美術史家として注目を浴びて以来、その活動は長期、かつ多岐にわたり、現代フランスの批評水準を示す数多くの著作を送り出し続けている。

フランスの出版界では彼に関してひとつの神話というか、ギネスものというか、そんな逸話がある。彼が１８ヶ月間に１１冊の単行本をものにし、出版したという話がそれである。もちろんその本のどれもが、彼の思想家、批評家としての成熟を示すものである。

しかし、彼自身はそのように呼ばれることを好まず、あくまでペンのみに生きる者としての矜持を保ちつつ、つねに「作家」_crivainであることを願う。「小説、フィクションを書いたことのない作家」という自己規定はエクリチュールという全体性のなかに自らを置くという、「書くこと」に対する彼の姿勢を端的に表わしている。アカデミズムをいち早く離れた記号学者、写真から映画、絵画にいたるまで広い守備範囲を持つエッセィストで美術史家、あるいは精神分析から文学、哲学にまでをこなす博覧強記の理論家、人が彼をどう呼ぼうが、彼は作家であることを譲らない。あえて言うなら科学と想像力のイマージュの作家である。

次に掲げる著作は、数ある中でのごく一部に過ぎない。Sc_nographie d'un tableau『絵画の遠近法』１９６９（スーユ社）、Le d_luge et la peste - Polo Uccello『洪水とペストーポロ・ウッチェロ』１９７７（ガリレー社）、L'homme ordinaire du cinema『映画における普通の人』１９８０（ガリマール社）、Main courante (journal de l'hiver 1998 et du printemps 1999)『主流』１９９９（ＰＯＬ社）などが代表作である。

本文写真

白岡順。1944年愛媛県新居浜生まれ。日本の写真専門学校で学んだのち、ニューヨークに移り、写真家としてのスタートをきる。そののちパリを活動拠点として現在に至る。ニューヨーク、パリ、東京など世界各地で多くの個展、グループ展を開催。海外では現代都市空間を鋭利な感覚で表現する写真作家として第一級の評価を得ている。

作品の主なコレクション先。

パリ国立図書館／フランス文化省／ニューヨークメトロポリタン美術館／ニューヨーク近代美術館／ポール・ゲティ美術館（カリフォルニア）／パリ歴史図書館／ストラースブルグ近代美術館（フランス）／プロヴァンス・アルプス・コートダジュール地方現代芸術基金／ヴィトレ・アートテック（フランス）／パリ文化事業局／ヨーロッパ写真館（パリ）／クライスラー美術館（ヴァージニア）／東京国立近代美術館／東京写真美術館／川崎市民ミュージアム　他

訳者　菅原聖喜
1948年宮城県石巻市出身。
学習院大学法学部卒業。
東北大学法学部大学院法学研究科にてフランス政治思想専攻。
宮城学院女子大学を経て2001年より東京理科大学基礎工学部教授。

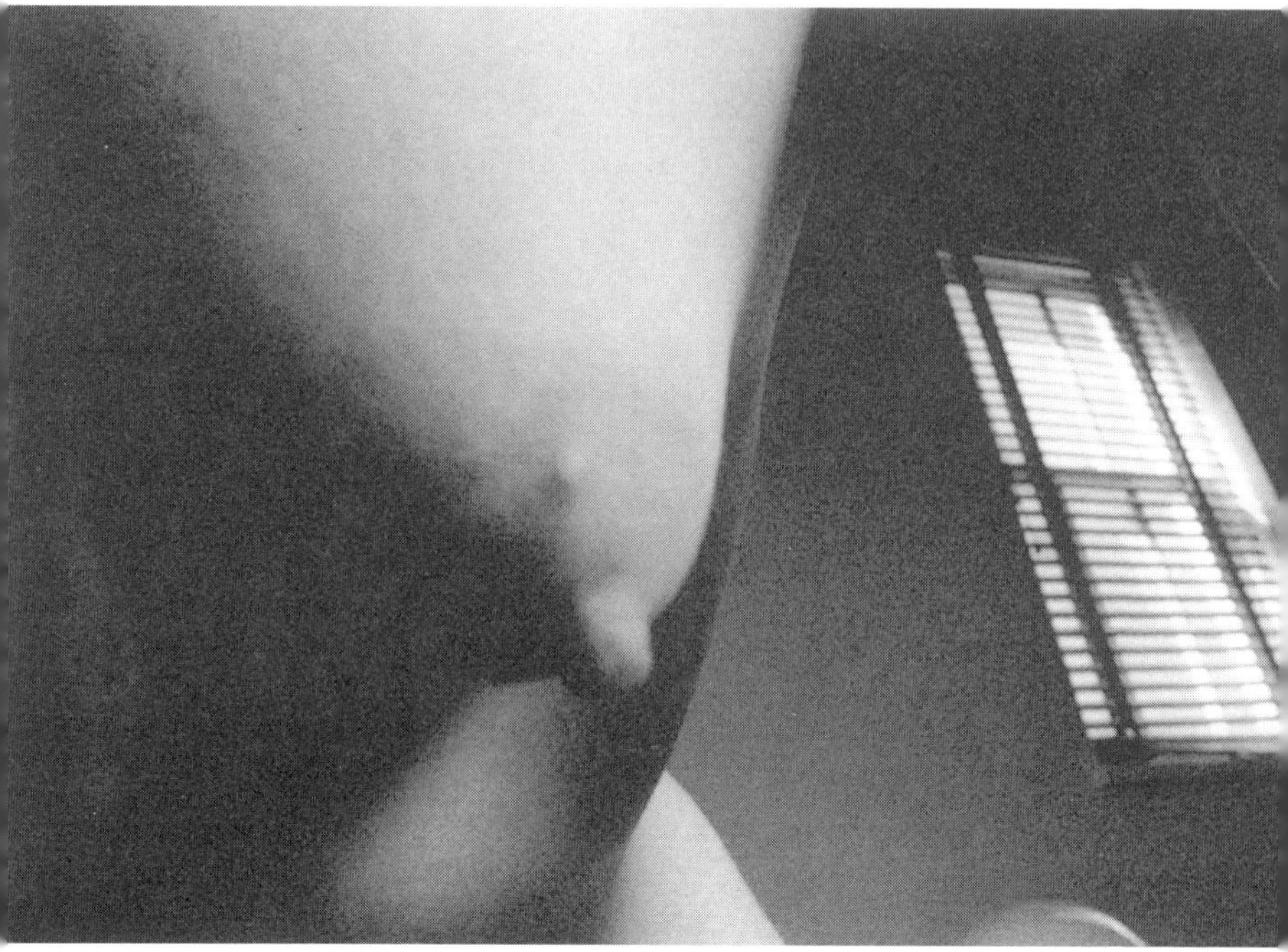

授業開始による分断
策動に対し抗議する！
全学友は

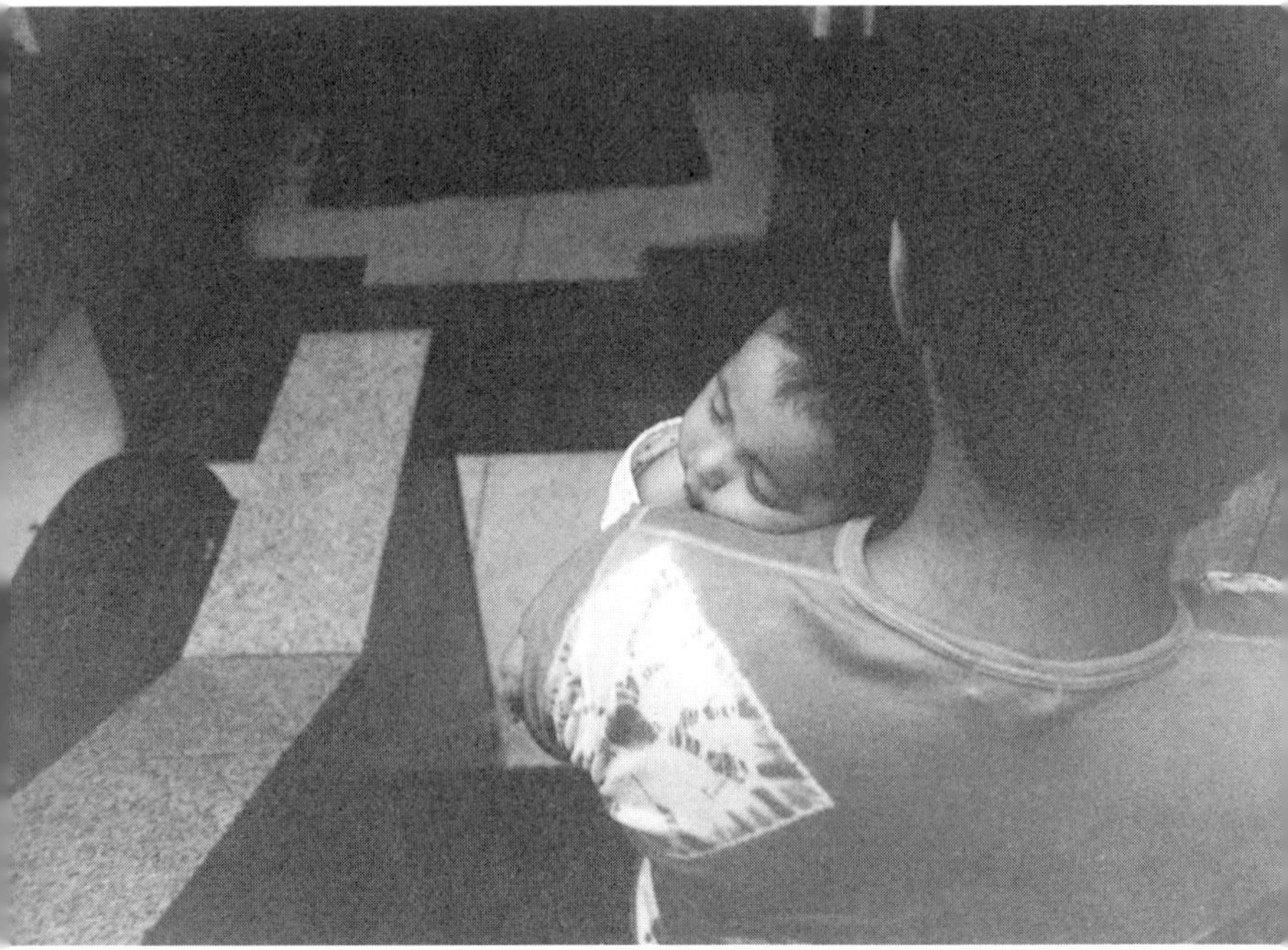

大江《おおえ》健三郎《けんざぶろう》

～その肉体《にくたい》と魂《たましい》の苦悩《くのう》と再生《さいせい》～

ジャン・ルイ・シェフェル 著

菅原聖喜 訳

明窓出版

平成十三年八月二九日初版発行
発行者――増本 利博
発行所――明窓出版株式会社
〒一六四―〇〇一二
東京都中野区本町六―二七―一三
電話 （〇三）三三八〇―八三〇三
FAX （〇三）三三八〇―六四二四
振替 〇〇一六〇―一―一九二七六六
印刷所――モリモト印刷株式会社
落丁・乱丁はお取り替えいたします。
定価はカバーに表示してあります。

ISBN4-89634-077-9

ホームページ http://meisou.com Eメール meisou@meisou.com

星の歌

初めに、尾崎放哉と三頭火が対比されている。山頭火の
《**鉄鉢の中へも霰**》と言う句に対し、
放哉は《**入れものがない両手で受ける**》
放哉は、身支度して托鉢をやっている余裕などまったくなかった。詩のエスプリという点で放哉の句は、山頭火の比ではないという。はるかに高く、はるかに深い。句語の重々しさ、輪郭の鮮明さは、はるかに山頭火の小綺麗な句を凌駕している。同じ風物の描写にしても、山頭火の余韻のない平板な美しさに対して、放哉のそれは鋭い切り込みさえ見せている。
《**水を吞んで小便しに出る雑草**》とうたう山頭火に対し
《**のんびり尿する草の実だらけ**》又、山頭火の《**おちついて死ねそうな草枯るる**》に対して《**墓の裏に廻る**》である。
《**仏にひまおもらって洗濯している**》放哉は既に《**こんな大きな石塔の下で死んでいる**》自分をはっきりと見ていた。
山頭火のように、《**しぐるるやまだ死なないでいる**》という意識とは全く対照的なものであった。という風に、自由律俳句運動で共に『層雲』の同人でもあった二人について、著者は、放哉も山頭火も、生き方通りに歌うことのできた幸せな人々であったと言い、言葉と一致しない生活にとらわれている人間は、生きながらの屍体であり、著者上野は、この点に関するかぎり二人と同じだと語る。この後、石川啄木、村上昭夫、北川広夫等について、いちいち作品世界を検証しながら、著者が究明せんとする特異なモチーフ
『**みちのくのうたまくら**』について、とっくりと聞かせてくれる。

第3章　奇蹟のかけらより